Pepita Finds Out
Lo que Pepita descubre

BY / POR OFELIA DUMAS LACHTMAN

ILLUSTRATIONS BY/ILUSTRACIONES DE ALEX PARDO DELANGE

TRANSLATION BY/TRADUCIDO AL ESPAÑOL POR CAROLINA VILLARROEL

PIÑATA BOOKS

Piñata Books
An Imprint of Arte Público Press
University of Houston
452 Cullen Performance Hall
Houston, Texas 77204-2004
http://www.arte.uh.edu
Order by phone: 800-633-ARTE

Publication of *Pepita Finds Out* is made possible through support from the Lila Wallace-Readers Digest Fund, the Andrew W. Mellon Foundation and the City of Houston through The Cultural Arts Council of Houston, Harris County. We are grateful for their support.

Esta publicación de *Lo que Pepita descubre* ha sido subvencionada por la Fundación Lila Wallace-Readers Digest, la Fundación Andrew W. Mellon y el Concilio de Artes Culturales de Houston, Condado de Harris. Les agradecemos su apoyo.

Arte Público Press thanks Teresa Mlawer of Lectorum Publications for her professional advice on this book.

Arte Público Press le agradece a Teresa Mlawer de Lectorum Publications su asesoría profesional sobre este libro.

Piñata Books are full of surprises!

Piñata Books
An Imprint of Arte Público Press
University of Houston
452 Cullen Performance Hall
Houston, Texas 77204-2004

Dumas Lachtman, Ofelia.
    Pepita finds out / by Ofelia Dumas Lachtman ; illustrations by Alex Pardo DeLange ; Spanish translation by Carolina Villarroel = *Lo que Pepita descubre* / por Ofelia Dumas Lachtman ; ilustraciones de Alex Pardo DeLange ; traducción al español de Carolina Villarroel.
        p. cm.
    Summary: Pepita is afraid that her report about her family members may not be interesting, but she ultimately realizes that all of them play an important role in her life.
    ISBN 1-55885-375-8 (hc. : alk. paper)
    [1. Family life—Fiction.   2. Spanish language materials—Bilingual.]   I. DeLange, Alex Pardo, ill.   II. Villarroel, Carolina.   III. Title.
PZ73.L227 2002
[E]—dc21   2001051169
                                                                                                      CIP

2 3 4 5 6 7 8 9 0 1   0 9 8 7 6 5 4 3 2 1

For Marta and John Bailey, my daughter and son-in-law, who
have nurtured Pepita in many ways.
—ODL

To the Armed Forces of this awesome country. God Bless America!
—APDL

Para Marta y John Bailey, mi hija y mi yerno, quienes han
nutrido a Pepita en muchas formas.
—ODL

Para las fuerzas armadas de este país. ¡Dios bendiga a Norteamérica!
—APDL

Pepita was a little girl who wanted everything to be exciting and important. That was why she liked to pretend. And she was a good pretender.

She pretended: that her dog Lobo was a circus dog who could do surprising tricks, that her rag doll Dora was a real person, that piñatas were always filled with pirate treasures, and that her school was a castle where sometimes magical things happened.

One bright spring day, Pepita's teacher, Miss García said, "Children, I want you to interview a parent or another older member of your family. Then, write a short report about that person's life and work. To interview means to ask good questions and find out things."

Pepita wrinkled up her nose. This was not one of those magical times. "Nobody will want to hear about that," she mumbled to herself, "unless I make my report really exciting and very, very, *very*, important." She nodded. Yes, that was exactly what she would do. She would figure out a way.

Pepita era una niña pequeña que quería que todo fuera divertido e importante. Por eso le gustaba imaginar. Y era muy buena imaginando cosas.

Ella imaginaba: que su perro Lobo era un perro de circo que podía hacer trucos sorprendentes; que Dora, su muñeca de trapo, era una persona de verdad; que las piñatas siempre estaban llenas de tesoros de piratas; y que su escuela era un castillo donde a veces sucedían cosas mágicas.

Un radiante día de primavera, la maestra de Pepita, la señorita García, dijo: —Niños, quiero que entrevisten a uno de sus padres o a un familiar. Luego, escriban un informe corto acerca de la vida y el trabajo de esa persona. Entrevistar significa hacer buenas preguntas y descubrir cosas.

Pepita arrugó la nariz. Éste no era uno de esos momentos mágicos. —Nadie querrá escuchar acerca de eso —murmuró para sí misma—, a menos que escriba un informe muy interesante y muy, muy, *muy* importante —asintió. Sí, eso es exactamente lo que haría. Encontraría una forma de hacerlo.

On the way home from school, she stopped to watch a black and white caterpillar crawl across a limb of an elm tree.

"Hello, Mr. Caterpillar," she said. "I can't pretend you're a dragon today. I have to interview someone. Miss García says that to interview is to ask good questions and find out things. So, tell me please, where did you come from?"

Of course, the caterpillar said nothing. But that was all right. She already knew the answer. He came from a butterfly's egg on an elm leaf.

En el camino de regreso a casa, se detuvo a mirar a una oruga negra y blanca que se arrastraba por la rama de un olmo.

—Hola, señor Oruga —dijo—. Hoy no puedo imaginar que usted es un dragón. Tengo que entrevistar a alguien. La señorita García dice que entrevistar es hacer buenas preguntas y descubrir cosas. Así que, dígame por favor, ¿de dónde viene usted?

Por supuesto, el señor Oruga no dijo nada. Pero daba igual. Pepita ya sabía la respuesta. Él provenía del huevo de una mariposa en la hoja de un olmo.

On the next block she saw a flossy-tailed squirrel scurrying along a wooden fence. When she came near him, he stopped as still as a statue and stared at her.

"Hello, Mr. Squirrel," she said. "I can't pretend you're a friendly monster today. I have to interview someone and find out things. So, tell me please, what kind of work do you do?"

Of course, the squirrel said nothing. But that was all right. She already knew the answer. He searched for food, especially acorns, and put the food away in a hole for the winter.

En la cuadra siguiente vio una ardilla de cola esponjosa deslizándose a través de una cerca de madera. Cuando Pepita se le acercó, la ardilla se detuvo tan tiesa como una estatua y la miró.

—Hola, señor Ardilla —dijo—. Hoy no puedo imaginar que usted es un monstruo simpático. Tengo que entrevistar a alguien y descubrir cosas. Así que, dígame por favor, ¿qué clase de trabajo hace usted?

Por supuesto, la ardilla no dijo nada. Pero daba igual. Ella ya sabía la respuesta. Él buscaba comida, especialmente nueces, y la guardaba en un hueco para el invierno.

When she came to Tía Rosa's house, she saw Tía Rosa's fat cat Gordo curled up into a furry ball on the front steps.

"Hello, Gordo," she said. "I can't pretend you're king of the lions today. I have to interview someone. So, tell me, what is your favorite thing to do?"

Gordo opened one sleepy eye and closed it again. He said nothing, not even a teeny meow. But that was all right. She already knew the answer. Gordo's favorite thing to do, after hunting mice, was sleeping.

Pepita said goodbye to Gordo and walked on. It had been fun talking to the caterpillar, the squirrel and the cat, even if they had nothing to say. But the rest of the way home, she mumbled and grumbled and frowned because she was worried. Would anyone in her family have anything exciting and important to say?

Cuando llegó a la casa de Tía Rosa, vio a Gordo, el obeso gato de su tía, enroscado como una bola en los escalones del frente.

—Hola Gordo —le dijo—. Hoy no puedo imaginar que eres el rey de los leones. Tengo que entrevistar a alguien. Así es que dime, ¿qué es lo que más te gusta hacer?

Gordo abrió un ojo somnoliento y lo volvió a cerrar. No dijo nada, ni siquiera un débil miau. Pero daba igual. Ella ya sabía la respuesta. Lo que más le gustaba hacer a Gordo, después de cazar ratones, era dormir.

Pepita le dijo adiós a Gordo y siguió caminando. Fue divertido hablar con la oruga, la ardilla y el gato, a pesar de que ellos no tenían nada que decir. Pero durante el resto del camino a casa, murmuró y refunfuñó y frunció el ceño porque estaba preocupada. ¿Alguien de su familia tendría algo importante y divertido que decir?

Later that afternoon, Pepita asked Mamá the same three questions that she had asked the caterpillar, the squirrel and the cat. Her mother smiled and said that she came from a little village in Mexico and that her work was taking care of her family and her house and sometimes helping the ladies in the tortilla shop. Mamá also said her favorite thing to do was to read a good book.

"Is that all?" Pepita said. "Being a mother and helping make tortillas is not very exciting. Nobody will want to hear about that."

"Maybe not," said her mother with a smile. "But that is who I am, and that is what I do. Maybe you should ask somebody else."

"Yes," said Pepita. "I guess that's what I should do."

Por la tarde, Pepita le hizo a Mamá las mismas tres preguntas que le había hecho a la oruga, a la ardilla y al gato. Mamá sonrió y le dijo que provenía de un pequeño pueblito en México, que su trabajo era cuidar de su familia y de su casa y, a veces, ayudar a las señoras en la tortillería. Mamá también le dijo que lo que más le gustaba era leer un buen libro.

—¿Eso es todo? —dijo Pepita—. Ser mamá y ayudar a hacer tortillas no es muy divertido. A nadie le interesará.

—Quizás no —dijo Mamá sonriendo—. Pero eso es lo que soy y eso es lo que hago. Tal vez deberías preguntarle a otra persona.

—Sí —dijo Pepita—. Creo que eso es lo que debo hacer.

She walked to Tía Rosa's house and knocked on the door. When Tía Rosa let her in, Pepita told her about the report.

"So, I'm interviewing today," she said and asked Tía Rosa the same three questions that she had asked the caterpillar, the squirrel, the cat and Mamá.

Tía Rosa smiled and said that she came from a small town by a mountainside and that her work was teaching people to play the piano. Tía Rosa also said that her favorite thing to do was listening to good music.

"Is that all?" Pepita said. "Being a piano teacher and listening to music is not very exciting. Nobody will want to hear about that."

"Maybe not," said Tía Rosa, "but that is who I am, and that is what I do. Maybe you should ask somebody else."

"Yes," said Pepita. "I guess that's what I should do."

But there was only Papá left to ask, and Pepita was sure that he would not be interesting at all. Pepita sighed, said goodbye to Tía Rosa and went home.

Caminó a la casa de Tía Rosa y tocó a la puerta. Cuando Tía Rosa la dejó entrar, Pepita le contó acerca del informe.

—Así es que hoy estoy entrevistando —dijo Pepita y le hizo a Tía Rosa las mismas tres preguntas que le había hecho a la oruga, a la ardilla, al gato y a Mamá.

Tía Rosa sonrió y dijo que venía de una pequeña ciudad al lado de las montañas y que su trabajo era enseñar a la gente a tocar el piano. Tía Rosa también le dijo que lo que más le gustaba era escuchar buena música.

—¿Eso es todo? —dijo Pepita—. Ser maestra de piano y escuchar música no es muy divertido. A nadie le interesará.

—Quizás no —dijo Tía Rosa—. Pero eso es lo que soy y eso es lo que hago. Quizás deberías preguntarle a otra persona.

—Sí —dijo Pepita—. Creo que eso es lo que debo hacer.

Pero sólo quedaba preguntarle a Papá, y estaba casi segura de que no sería nada interesante. Pepita suspiró, se despidió de Tía Rosa y se fue a casa.

At supper that night, Pepita told Papá about the report. "So I'm interviewing today," she said and asked him the same three questions that she had asked the caterpillar, the squirrel, the cat, Mamá, and Tía Rosa.

Papá nodded and smiled and said that he came from a small village near a large ocean and that his work was gardening. He also said that his favorite thing to do was to help things grow, like the plants in his gardens and the children in his home.

"Oh, Papá," Pepita said impatiently, "You always say that! Anyway, that's not very exciting or very important."

"Maybe not," said Papá, "but working in gardens is exciting to me. Sometimes when I step outside at night, I think I can hear the plants in the garden growing."

"Oh, Papá," Pepita said with a little shake of her head.

Esa noche a la hora de la cena, Pepita le contó a Papá acerca del informe. —Así es que hoy estoy entrevistando —dijo y le hizo las mismas tres preguntas que le había hecho a la oruga, a la ardilla, al gato, a Mamá y a Tía Rosa.

Papá asintió con la cabeza, sonrió y le dijo que venía de un pequeño pueblito cerca de un gran océano y que su trabajo era la jardinería. También le dijo que lo que más le gustaba era ayudar a crecer las cosas, tanto las plantas en los jardines como a los niños en su hogar.

—Ay, Papá —dijo Pepita impacientemente—. ¡Tú siempre dices eso! De todas maneras, eso no es muy divertido ni muy importante.

—Quizás no —dijo Papá—, pero para mí, trabajar en el jardín es divertido. A veces, cuando salgo afuera en la noche, creo poder oír cómo las plantas crecen en el jardín.

—Ay, Papá —dijo Pepita moviendo levemente la cabeza.

"And sometimes," her father added, "when I step into your room or your brother's when you are both fast asleep, I think that I hear growing sounds. Sometimes in the morning I find that, yes, you have grown taller."

Pepita's brother Juan, who was always curious, said, "How can that be?"

"It's either a mystery or a miracle," Papá answered. "I don't know which."

Pepita said, "That's silly, Papá, and not very interesting. Nobody will want to hear about that."

"Maybe not," said Papá, "but that is who I am, and that is what I do. Maybe you should ask somebody else."

"Yes," said Pepita, nodding sadly, "I guess that's what I should do."

But she knew that there was no one else to ask.

—Y a veces —agregó su papá—, cuando voy por la noche al cuarto de tu hermano o al tuyo mientras ambos duermen, me parece oír cómo crecen. De vez en cuando por la mañana descubro que, sí, están más altos.

Juan, el hermano de Pepita, quien era muy curioso, dijo: —¿Cómo puede ser eso?

—Es un misterio o un milagro —respondió Papá—. No sé cuál de los dos.

—Eso es tonto, Papá y no es muy interesante. A nadie le interesará —dijo Pepita.

—Quizás no —dijo Papá—. Pero eso es lo que soy y eso es lo que hago. Tal vez deberías preguntarle a otra persona.

—Sí —dijo Pepita, asintiendo tristemente—. Creo que eso es lo que debo hacer.

Pero ella sabía que no había nadie más a quien preguntarle.

In bed that night, Pepita mumbled and grumbled and worried. Then she tossed and squirmed and worried. Beside her, her rag doll Dora twisted and flopped and fell flat on her face. And the tossing and twisting and flopping went on until Pepita decided what she was going to do. She was going to pretend. Dora and she leaned against the pillows while she thought about it.

She would pretend that Mamá was a cook in a *very* fancy restaurant, a restaurant where only the most important people went. But if that were so, Mamá wouldn't be at home so much. Then, who would there be to fix her favorite enchiladas or to read her a goodnight story?

"No," Pepita said to her rag doll Dora, "that won't do."

Esa noche, en la cama, Pepita murmuró y refunfuñó preocupada. Luego dio vueltas y se retorció y se preocupó. A su lado, Dora, su muñeca de trapo, dio una vuelta y cayó de cara. Pepita continuó dando saltos y vueltas hasta que decidió lo que iba a hacer. Iba a inventar. Dora y ella se recostaron en las almohadas mientras lo pensaba.

Podría inventar que Mamá era una cocinera en un restaurante *muy* elegante, un restaurante donde sólo iba la gente más importante. Pero si así fuera, Mamá no pasaría mucho tiempo en casa. Entonces ¿quién cocinaría sus enchiladas favoritas o le leería un cuento a la hora de dormir?

—No —Pepita le dijo a Dora, su muñeca de trapo—, eso no puede ser.

So she decided to pretend that Tía Rosa was a famous musician who played her piano in huge halls filled with great numbers of people. But if that were so, Tía Rosa would be gone a lot of the time and maybe she wouldn't live on their street any more. And then, who would help them sing all those Spanish songs, the ones her grandmother liked to hear them sing?

"No," Pepita said to Dora, "that won't do."

Así es que decidió inventar que Tía Rosa era una pianista famosa que tocaba el piano en enormes salones llenos de gente. Pero si eso fuera cierto, Tía Rosa estaría fuera de la ciudad por mucho tiempo y quizás no podría vivir en la misma calle que ellos. Y entonces ¿quién les ayudaría a cantar todas esas canciones en español, esas que a Abuelita le gustaba oírles cantar?

—No, eso no puede ser —le dijo Pepita a Dora.

So she decided to pretend that Papá was a special kind of a gardener, one who worked in magical gardens where only the fanciest flowers grew. "Yes, Dora," Pepita said, "that's exactly what I will pretend."

Dora's embroidered black eye seemed to widen. She didn't look happy and Pepita knew why. The report had to have real answers, not pretend ones. But Pepita shrugged and turned Dora's face away. "If I have to pretend, I'll just do it," she said, and she pulled up the blankets and went to sleep.

Así es que decidió inventar que Papá era un jardinero especial, que trabajaba en mágicos jardines donde crecían sólo las flores más extravagantes. —Sí, Dora —dijo Pepita—, eso es exactamente lo que voy a inventar.

El ojo negro bordado de Dora pareció crecer. No se veía feliz y Pepita sabía por qué. El reporte debía tener respuestas verdaderas, no respuestas inventadas. Pero Pepita se encogió de hombros y volvió la cara de Dora para otro lado. —Si tengo que inventar, lo haré —dijo. Tiró de las cobijas y se durmió.

When Pepita awoke, it was still dark. Her father was standing by her bedside saying, "Wake up, wake up, little one, I have something to show you."

"Where, Papá?" Pepita said as she slid out of bed. "What?"

"Put on your slippers and come with me."

With only a little bit of light showing in the sky, Pepita followed him into the back yard with the help of her father's flashlight.

"Here," Papá said and ran the light along the edge of a new flowerbed. "Remember the big brown seeds you watched me put into the ground right here?"

"Yes," Pepita said, "they were ugly. Like wrinkled-up beans."

Papá nodded and dropped down on his knees. "What do you see now?" he asked.

Cuando Pepita se despertó, aún estaba oscuro. Su papá estaba parado al lado de su cama y le decía —Despierta, despierta, pequeña. Tengo algo que mostrarte.

—¿Dónde, Papá? —dijo Pepita mientras se deslizaba de la cama—. ¿Qué es?

—Ponte las pantuflas y ven conmigo.

Sólo había un poco de luz en el cielo. Con la ayuda de la linterna de Papá, lo seguió hasta el patio trasero.

—Aquí —dijo Papá e iluminó la orilla del nuevo lecho de flores—. ¿Recuerdas las grandes semillas de color café que me viste poner en la tierra justo aquí?

—Sí —dijo Pepita—, eran feas. Parecían frijoles arrugados.

Papá asintió y se arrodilló: —¿Qué ves ahora? —preguntó.

What Pepita saw was some plain brown earth with a few tiny cracks. Pepita let out her breath. "Nothing, Papá," she said impatiently.

"Look again," Papá said. "Here, where I have the light."

Pepita got down on her knees and looked again. As she did a few grains of earth slid away from one small crack and she saw a pale green sprout poking through the ground.

"Papá!" Pepita whispered. "It's growing! And, look, there are more!"

"Yes," said Papá. "They will grow and grow. In a few weeks they will have pretty flowers like those over there." He pointed to where pale yellow, bright yellow and rich orange flowers nestled against a fence.

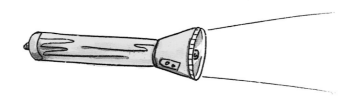

Lo que Pepita vio era tierra de color café con unas pocas grietas delgadas. Pepita suspiró: —Nada, Papá —dijo impacientemente.

—Mira otra vez —dijo Papá—. Aquí, donde tengo la luz.

Pepita se arrodilló y miró otra vez. Cuando lo hizo unos cuantos granos de tierra se deslizaron de una pequeña grieta y vio un brote verde pálido empujando a través del suelo.

—Papá —susurró Pepita—. ¡Está creciendo! ¡Y, mira, hay más!

—Sí —dijo Papá—. Crecerán y crecerán. En unas pocas semanas tendrán bellas flores como esas de allá. —Apuntó hacia las flores amarillo pálido, amarillo brillante y naranja vivo que descansaban contra la cerca.

"I see, I see! But what made the seeds grow?"

"A little sunlight, a little water and a little care," said Papá. "Sometimes they will grow with sunlight and water only, but with added care, they will grow better. And that's what a gardener does."

"Yes," said Pepita. "And a father too!"

"And a father too," Papá repeated slowly. Then, with a twinkle in his eye, he added, "But that's not very exciting."

"Maybe not," said Pepita, "but that's who you are and that's what you do."

She looked down at the little green sprout and then over to the pretty bright flowers. "I don't have to pretend, after all," she said, "because this is almost like magic and very, very, *very* important."

She jumped up. "Come on, Papá. Hurry! I have to explain all these things to Dora!"

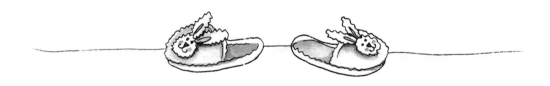

—¡Ya veo, ya veo! ¿Pero qué hizo que las semillas crecieran?

—Un poquito de sol, un poquito de agua y un poquito de cuidado —dijo Papá—. A veces sólo crecen con la luz del sol y el agua, pero si les das cuidado, crecen mejor. Y eso es lo que hace un jardinero.

—Sí —dijo Pepita—. ¡Y también un papá!

—Y también un papá —Papá repitió lentamente. Entonces, con un brillo en los ojos, agregó—. Pero eso no es muy divertido.

—Quizás no —dijo Pepita—, pero eso es lo que eres y eso es lo que haces.

Miró hacia abajo al pequeño brote verde y luego a un lado, a las bellas flores brillantes. —Después de todo, no tengo que inventar porque esto es casi como magia y es muy, muy, *muy* importante —dijo.

Pepita se levantó de un salto: —Ven, Papá. ¡Apúrate! ¡Tengo que explicarle todas estas cosas a Dora!

Ofelia Dumas Lachtman was born in Los Angeles to Mexican immigrant parents. Her stories have been published widely in the United States, including prize-winning books for Arte Público Press such as *The Girl from Playa Blanca*. She has written four other novels for young adults: *Call me Consuelo, Leticia's Secret, The Summer of El Pintor,* and, her latest, *A Good Place for Maggie*. She is also the creator of the Pepita series that includes: *Pepita Talks Twice / Pepita habla dos veces, Pepita Thinks Pink / Pepita y el color rosado,* and *Pepita Takes Time / Pepita, siempre tarde*. Dumas Lachtman resides in Los Angeles and she is the mother of two children.

Ofelia Dumas Lachtman nació en Los Ángeles y es hija de inmigrantes mexicanos. Sus cuentos y novelas se han publicado en Estados Unidos, algunos de los cuales han resultado premiados, entre ellos: *The Girl from Playa Blanca*. Ha escrito cuatro novelas más para jóvenes: *Call me Consuelo, Leticia's Secret, The Summer of El Pintor* y, la más reciente, *A Good Place for Maggie*. Ella es la autora de la serie de Pepita que incluye: *Pepita Talks Twice / Pepita habla dos veces, Pepita Thinks Pink / Pepita y el color rosado,* y *Pepita Takes Time / Pepita, siempre tarde*. Dumas Lachtman reside en Los Ángeles y es madre de dos hijos.

Alex Pardo DeLange is a Venezuelan-born artist educated in Argentina and the United States. A graduate in Fine Arts from the University of Miami, Pardo DeLange has illustrated numerous books for children, among them: *Pepita Talks Twice / Pepita habla dos veces, Pepita Thinks Pink / Pepita y el color rosado, Pepita Takes Time / Pepita, siempre tarde, Tina and the Scarecrow Skins / Tina y las pieles de espantapájaros* and *Sip, Slurp, Soup, Soup / Caldo, caldo, caldo*. She lives in Florida with her husband and three children.

Alex Pardo DeLange es una artista venezolana educada en Argentina y en Estados Unidos. Se recibió de la Universidad de Miami con un título en arte. Pardo DeLange ha ilustrado muchos libros para niños, entre los que se encuentran: *Pepita Talks Twice / Pepita habla dos veces, Pepita Thinks Pink / Pepita y el color rosado, Pepita Takes Time / Pepita, siempre tarde, Tina and the Scarecrow Skins / Tina y las pieles de espantapájaros* y *Sip, Slurp, Soup, Soup / Caldo, caldo, caldo*. Ella vive en Florida con su esposo y sus tres hijos.